POUR SERVIR AUX TRAVAUX DU CONCILE ŒCUMÉNIQUE

LA RESTAURATION

DU

PLAIN-CHANT

ET

DE SON ACCOMPAGNEMENT

BASÉE SUR DE NOUVELLES DONNÉES MUSICALES

CONTENANT

LA REFONTE DE MESSES, VÊPRES, MOTETS, ETC., POUR TOUTE L'ANNÉE

ET

UNE HARMONISATION ENTIÈREMENT NEUVE DES MÉLODIES LITURGIQUES

PAR

CLÉMENT BUROTTO

Maître de Chapelle de SS.-Pierre-et-Paul (Marseille)

Prix net : 10 francs

PARIS

E. GÉRARD et Cie (Anc^{ne} M^{on} MEISSONNIER), 12, boul^d des Capucines

SUCCURSALE RUE DAUPHINE, 18   ET 2, RUE SCRIBE (M^{on} DU G^d-HÔTEL)

1869

❀

PARIS

MUSIQUE TYPOGRAPHIQUE DE TANTENSTEIN

8, RUE TOULLIER.

❀

Imprimé par Ch. Meyrueis, rue Cujas. 13, à Paris.

TABLE.

Pages.

Introduction. 5

CHAPITRE PREMIER. — **Notation et exécution du plain-chant.**

1° *Notation.* — A. Portée. — B. Valeurs. — C. Transposition. — D. Clef. — E. Notation populaire. 5

2° *Exécution.* — A. Articulation. — B. Expression. — C. Suspensions. — D. Liaisons. — E. Mouvement. 7

CHAPITRE DEUXIÈME. — **Refonte des mélodies du plain-chant.**

1° *Secours fournis par la science.* — A. Établissement du ton des pièces de plain-chant. — B. Refonte des finales fautives. 8

2° *Restauration complétée à l'aide du goût.* — A. Rhythme. — B. Finale définitive obligée sur la tonique grave. — C. Finales des différents versets et strophes. — D. Tournures mélodiques à refondre. — E. Modulations trop fréquentes. — F. Passages à transposer. —
G. Observations diverses. — H. Tableau de la réduction des 14 échelles grecques aux 2 modes majeur et mineur. — I. Transposition. 10

CHAPITRE TROISIÈME. — **L'accompagnement du plain-chant.**

1° *Harmonie applicable au plain-chant.* — A. Nombre des parties. — B. Accords employés. — C. Règles pour l'harmonie à 5 parties
appliquée au plain-chant. — D. Deux positions harmoniques dans l'accompagnement du plain-chant. 15

2° *Exécution de l'accompagnement du plain-chant.* — A. Sur l'orgue. — B. Avec les voix. 19

CHAPITRE QUATRIÈME. — **Dissertations théoriques sur le plain-chant et son accompagnement.** 21

REFONTE DES PRINCIPALES PIÈCES DE PLAIN-CHANT : MESSES, VÊPRES, MOTÊTS, ETC., POUR TOUTE L'ANNÉE,
ET HARMONISATION DU CHANT DES PSAUMES.

N° 1. Agnus Dei en *fa* majeur (fêtes de 1re et 2e classe). 25
2. » en *fa* majeur (fêtes du rit double). 25
3. » en *ré* mineur (dimanches dans l'année). 26
4. » en *ré* majeur (dimanches de l'Avent et Carême). 26
5. » en *mi* mineur (fêtes simples dans l'année). 26
6. » en *sol* majeur (féries de l'Avent et Carême). 27
7. » en *ré* majeur (fêtes de la B.-V. Marie). 27
8. » en *mi* ♭ majeur (dimanches du Temps pascal). 27
9. Alma en *ré* majeur. 28
10. Ave maris stella en *fa* mineur. 28
11. Ave Regina cœlorum en *sol* majeur. 29
12. Ave verum en *fa* majeur. 29
13. Credo en *ré* majeur. 29
14. » en *ré* mineur (de Dumont). 31
15. » en *fa* majeur. 32
16. » en *fa* mineur. 33
17. Deus in adjutorium en *la* majeur. 34
18. Gloria en *mi* mineur (fêtes de 1re et 2e classe). 35
19. » en *ré* majeur (fêtes du rit double). 36
20. » en *fa* mineur (dimanches dans l'année). 36
21. » en *fa* majeur (fêtes de la B.-V. Marie). 37
22. » en *mi* ♭ majeur (dimanches du Temps pascal). 38
23. In manus tuas en *mi* ♭ majeur (pendant l'Avent). 39
24. » en *sol* majeur (pendant l'année). 39
25. » en *sol* majeur (pendant le Temps pascal). 39
26. Inviolata en *fa* majeur. 40
27. Iste confessor en *fa* mineur. 40
28. Jesu, corona virginum en *fa* majeur. 40
29. Kyrie en *mi* mineur (fêtes de 1re et 2e classe). 41
30. » en *ré* majeur (fêtes du rit double). 41
31. » en *ré* mineur (dimanches dans l'année). 41
32. » en *fa* majeur (fêtes semi-doubles). 41
33. » en *ré* mineur (dimanches de l'Avent et Carême). 42

Pages.

N° 34. Kyrie en *sol* majeur (fêtes simples). 42
35. » en *mi* ♭ majeur (féries de l'Avent et Carême). 42
36. » en *ré* mineur (fêtes de la B.-V. Marie). 43
37. » en *mi* ♭ majeur (dimanches du Temps pascal). 43
38. Psalmodie en *ré* majeur, avec accompagnement. 44
39. Autre finale en *ré* majeur,   id. 44
40. Psalmodie en *ré* mineur,   id. 44
41. Autre finale en *ré* mineur,   id. 45
42.   » en *ré* mineur,   id. 45
43. Autre psalmodie en *ré* mineur,   id. 45
44. Autre finale en *ré* mineur,   id. 46
45.   » en *ré* mineur,   id. 46
46. Psalmodie en *mi* mineur,   id. 46
47. Autre psalmodie en *mi* mineur,   id. 47
48. Psalmodie en *fa* majeur,   id. 47
49. Autre psalmodie en *fa* majeur,   id. 47
50. Autre finale en *fa* majeur,   id. 48
51.   » en *fa* majeur,   id. 48
52. Psalmodie en *fa* mineur,   id 48
53.   » en *sol* majeur,   id. 49
54. Autre finale en *sol* majeur,   id. 49
55. Autre psalmodie en *sol* majeur,   id. 49
56. Psalmodie en *sol* mineur,   id. 50
57.   » en *la* majeur,   id. 50
58. Regina cœli en *fa* majeur. 50
59. Salve Regina eu *ré* mineur. 51
60. Sanctus en *fa* majeur (fêtes de 1re et 2e classe). 51
61.   » en *fa* majeur (fêtes du rit double). 52
62.   » en *fa* mineur (dimanches dans l'année). 52
63.   » en *ré* majeur (dimanches de l'Avent et Carême). 52
64.   » en *fa* mineur (fêtes simples). 53
65.   » en *sol* majeur (féries de l'Avent et Carême). 53
66.   » en *ré* mineur (fêtes de la B.-V. Marie). 54
67.   » en *mi* ♭ majeur (dimanches du Temps pascal). 54
68. Tantum ergo eu *fa* majeur. 54

FIN DE LA TABLE.

INTRODUCTION.

J'ai consacré spécialement aux *dissertations* sur le plain-chant et son accompagnement le quatrième chapitre de mon ouvrage, évitant avec soin jusque-là d'entrer dans aucune discussion sur ces matières si controversées, afin de présenter d'abord ma théorie en toute simplicité et avec le plus de clarté possible.

C'est en m'appuyant sur les *faits fondamentaux* sur lesquels repose toute la science musicale, faits *incontestables* établis dans le chapitre IV des dissertations théoriques, que je crois avoir, le premier, apporté la *démonstration évidente* qu' « il est entièrement erroné de croire que les manifestations musi-
« cales actuelles reposent sur d'autres lois harmoniques que celles des siècles passés; qu'il n'existe, en
« un mot, aucune sorte de *différence tonale* entre l'art ancien et l'art moderne; et qu'une différence
« n'est réellement possible entre telle et telle composition musicale, de quelle époque qu'elle soit, que
« quant aux diverses variétés de *rhythme, de genre* et *d'expression,* toutes choses indépendantes de la
« *tonalité.* »
Basé sur cette vérité en même temps que sur le goût général, j'espère avoir enfin mis au jour dans ce travail, achevé à la hâte en vue de l'ouverture très-prochaine du Concile œcuménique :

1° Les moyens propres à restaurer, à régulariser les mélodies liturgiques et à réaliser ainsi l'unité dans le chant.

2° L'accompagnement véritable du plain-chant.

J'abandonne ces pages aux soins de la Providence, rempli de cette confiance qu'elle daignera bénir ce premier fruit de mes études et de mes longues méditations sur l'art musical religieux.

BUROTTO.

CHAPITRE PREMIER.

NOTATION ET EXÉCUTION DU PLAIN-CHANT.

1° NOTATION.

A. *Portée.* — Il y a tout lieu, comme on va le voir bientôt, de préférer la portée de 5 lignes à l'ancienne portée de 4 lignes que l'on doit définitivement rejeter.

B. *Valeurs.* — Le rhythme du plain-chant comporte les valeurs suivantes :

Bien que le *rhythme libre* du plain-chant exclue toute mesure *fixe*, on est obligé pour l'exécution en chœur et à première vue de se servir d'une mesure de convention. Ce n'est que lorsque les mélodies seront sues par cœur que l'on pourra s'abstenir de battre les temps, et ce n'est qu'alors, il est vrai, qu'en étant traduit librement par le sentiment musical naturel, le rhythme du plain-chant atteindra sa perfection stricte.

Toutefois, l'exécution à *mesure battue,* lorsqu'elle est convenablement rendue, d'après les règles exposées ci-après, n'a rien de défectueux, et se rapproche tellement de la vérité, que l'oreille la plus délicate ne saurait la distinguer d'avec l'exécution *libre* qu'en prêtant la plus grande attention.

2

Ainsi on peut établir le tableau suivant :

VALEURS.	RHYTHME NATUREL.	RHYTHME BATTU.
Commune.	Durée moyenne.	1 temps.
Longue.	Le chant doit s'appesantir sensiblement sur les notes longues	2 temps
Brève.	Appoggiature du plain-chant.	sans valeur
Prolation.	Point d'orgue.	3 temps
Barre.	Suspension d'une durée égale à celle de la note longue.	2 temps
Soupir.	Suspension d'une durée égale à celle de la note commune.	1 temps
Double-barre.	*idem*	1 temps

C. *Transposition.* — Les mélodies du plain-chant, dont il va être traité, devant se maintenir toujours dans une région du diapason accessible à la généralité des voix, ne sauraient dépasser jamais ces limites :

il devient donc indispensable de *transposer* dans leur véritable ton les pièces qui se trouvent marquées trop haut ou trop bas dans les livres de chant. On armera en conséquence la clef des accidents nécessaires à cette transposition.

D. *Clef.* — En pratiquant la transposition écrite et en admettant la portée usuelle à 5 lignes, on supprime heureusement une difficulté désormais inutile dans le plain-chant, celle de connaître plusieurs clefs différentes.

En effet si les voix ne doivent jamais dépasser l'étendue d'une *douzième,* à partir du *la grave* jusqu'au *mi supérieur,* comme il vient d'être indiqué ci-dessus, une seule clef est nécessaire pour échelonner ces douze sons.

On peut voir, dans cet exemple, que la seule note *mi* aiguë donne lieu à une ligne supplémentaire; du reste, cette note ne se présente que dans un petit nombre de mélodies et d'une manière tout à fait exceptionnelle.

La clef de *fa,* troisième ligne, est donc suffisante pour la notation du plain-chant. Les voix blanches chantent naturellement à l'octave supérieure.

E. *Notation populaire.* — Si on désirait éditer des livres sans transposition, afin d'éviter la difficulté résultant de l'application des accidents, la notation avec une seule clef se trouve encore rendue suffisante par notre nouvelle restauration du plain-chant.

On verra dans la suite que les mélodies ne se manifestent, dans le mode majeur comme dans le mode mineur, qu'à partir de la *dominante grave* jusqu'à la *sus-tonique* aiguë, comme l'indiquent les exemples suivants :

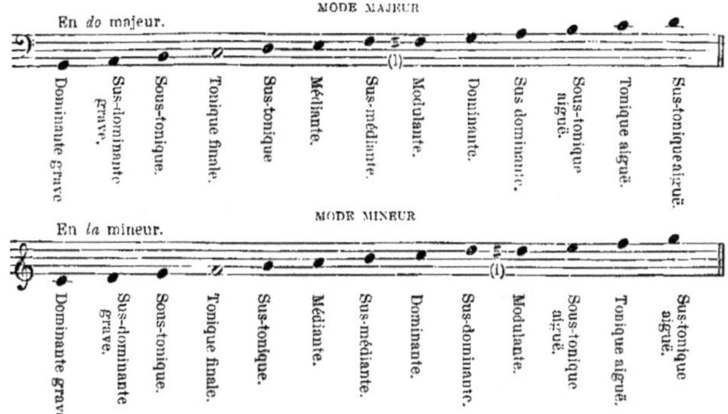

La clef de *fa* quatrième ligne du mode majeur et la clef de *sol* première ligne du mode mineur, correspondant par octave, ne donnent pas lieu à deux lectures différentes; c'est en réalité, dans la pratique, comme si l'on n'avait à faire qu'avec une seule clef.

Cette notation transporte à la partie de basse les chants marqués à la clef de *fa* quatrième ligne et établit dans la région du soprano ceux marqués à la clef de *sol* première ligne.

Les mélodies majeures se trouvent donc trop graves pour correspondre à la moyenne des voix; les mélodies mineures, par contraire, se trouvent toujours trop élevées.

En conséquence, on aura soin de marquer l'indication suivante au début de chaque pièce de chant : 1° pour le mode majeur (DO = RÉ) ou (DO = MI) etc., suivant que la transposition doit avoir lieu dans le ton de *ré* majeur ou dans celui de *mi* majeur, etc., 2° pour le mode mineur (LA = SOL) ou (LA = FA) etc., selon que la transposition doit s'opérer en *sol* mineur ou *fa* mineur, etc.

Un diapason suffit alors pour prendre l'intonation convenable s'il n'y a pas d'accompagnateur.

2° EXÉCUTION.

A. *Articulation.* — On doit s'appliquer, en premier lieu, à bien articuler les mots, à éviter, en général, tout ce qui peut empêcher de distinguer l'émission nette de chaque syllabe.

B. *Expression.* — Les mélodies liturgiques doivent être chantées d'une manière uniforme et avec vigueur, mais sans rudesse, c'est-à-dire, en évitant de marteler, de saccader les sons. On observera surtout de ne mettre dans la voix aucune espèce d'affectation.

C. *Suspensions.* — Les suspensions propres aux soupirs, aux barres, aux doubles barres, ainsi qu'aux respirations nécessaires à la voix, ne doivent, dans aucun cas, être pratiquées d'une façon brusque. Il faut que le chant s'arrête et reprenne insensiblement.

D. *Liaisons.* — A part les suspensions ci-dessus, le plain-chant doit être exécuté d'une manière *continuement liée*. C'est pour cette raison que l'on doit se dispenser d'indiquer les liaisons.

E. *Mouvement.* — Le plain-chant ne doit être, en général, exécuté ni trop lentement, ni avec trop de vitesse. On doit avoir égard aussi à chacun des divers degrés de solennité des fêtes.

(1) Le *fa* et le *fa* ♯ des tons de *do* majeur et de *la* mineur correspondent ici au *si* ♮ et au *si* ♯ des tons de *fa* majeur et *ré* mineur dans la notation actuellement en usage.

Ainsi on marquera : pour les fêtes de première classe métr. M. (♩ = 60)

    «   doubles   « .(♩ = 80)

    «   simples   «   (♩ = 100)

CHAPITRE DEUXIÈME.

REFONTE DES MÉLODIES DU PLAIN-CHANT.

1° SECOURS FOURNIS PAR LA SCIENCE.

A. *Établissement du ton des pièces de plain-chant.* — La première chose à faire est d'établir le ton des mélodies à restaurer.

Or, il résulte des différents *faits* (1) sur lesquels repose la théorie musicale que, toute mélodie se manifeste forcément *dans le ton* dont les sons fondamentaux, *tonique, médiante* et *dominante* (les sons *do, mi, sol,* par exemple, dans le ton de *do majeur*) se trouvent *en majorité*, dans le courant de cette mélodie, sur les sons relatifs à tout autre accord parfait.

Ainsi dans une pièce de plain-chant, prise au hasard, si les sons *do, mi, sol* (relatifs à l'accord parfait de *do majeur*) se présentent un nombre de fois collectif plus grand : 1° que les sons *ré, fa, la,* (relatifs à l'accord parfait de *ré* mineur); 2° que les sons *mi, sol, si,* (relatifs à l'accord parfait de *mi* mineur); 3° que les sons *fa, la, do,* (relatifs à l'accord parfait de *fa* majeur); 4° que les sons *sol, si, ré,* (relatifs à l'accord parfait de *sol* majeur); 5° que les sons *sol, si ♭, ré,* (relatifs à l'accord parfait de *sol* mineur); 6° que les sons *la, do, mi,* (relatifs à l'accord parfait de *la* mineur) et 7° que les sons *si ♭, ré, fa,* (relatifs à l'accord parfait de *si ♭* majeur), nous dirons que la mélodie n'est ni en *si ♭* majeur, ni en *la* mineur, ni en *sol* mineur, ni en *sol* majeur, ni en *fa* majeur, ni en *mi* mineur, ni, enfin, en *ré* mineur, mais bien *en do majeur.*

Cela posé, il nous sera facile de déterminer le ton de toutes les mélodies auxquelles ont donné lieu les *huit échelles* généralement admises.

1re ÉCHELLE (APPELÉE 1er TON OU MODE AUTHENTIQUE).

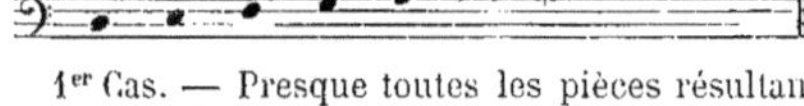

1er Cas. — Presque toutes les pièces résultant de cette échelle mettant en relief les sons

impliquent ainsi le ton de *ré mineur.*

2e Cas. — Il y a encore un certain nombre de mélodies, marquées dans la 1re échelle, qui se manifestant le plus souvent dans cette région

font de la sorte dominer les sons

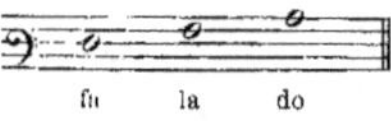

(1) Faits établis dans le chapitre IV des Dissertations.

ce qui détermine, pour ces chants, le ton de *fa majeur.*

2e ÉCHELLE (APPELÉE 2e TON OU MODE PLAGAL).

1er Cas. — Dans le plus grand nombre des chants résultant de cette 2e échelle les sons

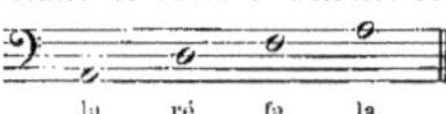

dominant donnent ainsi lieu au ton de *ré mineur.*

2e Cas. — Il se présente aussi quelquefois que les mélodies qui nous occupent parcourent presque continuellement cette région de l'échelle

ce qui détruit le ton de *ré* mineur et détermine celui de *do majeur* par la persistance des sons

1ᵉʳ Cas. — La disposition arbitraire de cette échelle donne lieu à des mélodies qui ne sont le plus souvent qu'un mélange incohérent de plusieurs tons mal déterminés, mais chez la plupart desquelles les sons

se trouvant en majorité, établissent le ton de *fa majeur*.

2ᵉ Cas. — D'autres fois, les mélodies se manifestent en *sol majeur* lorsqu'elles se développent plus à l'aigu de l'échelle

où les sons

dominent alors; ce qui n'a lieu que rarement.

1ᵉʳ Cas. — La persistance ordinaire des sons

établit ici le ton de *ré mineur*.

2ᵉ Cas. — Cependant, lorsque la mélodie s'étend plutôt dans le grave de l'échelle, les sons persistants

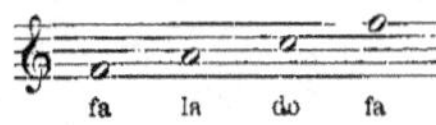

donnent lieu au ton de *do majeur*.

1ᵉʳ Cas. — Cette échelle, plus régulière, fait mieux ressortir les sons fondamentaux du ton.

Presque toutes les pièces sont en *fa majeur*.

2ᵉ Cas. — Lorsque les mélodies parcourent avec persistance une région plus élevée de l'échelle, le ton s'établit en *la mineur* par les sons dominants

1ᵉʳ Cas. — Dans les mélodies de cette 6ᵉ échelle les sons

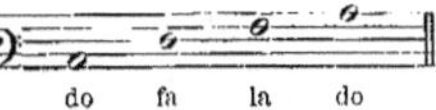

se trouvant en grande majorité, déterminent encore assez correctement le ton de *fa majeur*.

2ᵉ Cas. — Si le chant descend le plus souvent dans une partie plus grave de l'échelle, faisant ainsi dominer les sons

le ton est alors en *ré mineur*.

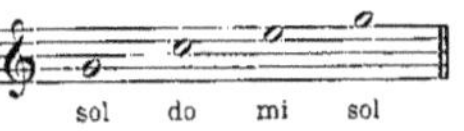

1ᵉʳ Cas. — Le ton s'établit, dans les mélodies de la 7ᵉ échelle, en *do majeur* lorsque les sons

y persistent, ce qui a lieu le plus généralement.

2ᵉ Cas. — D'autres fois, lorsque le chant, se manifestant davantage dans le grave, met en relief les sons

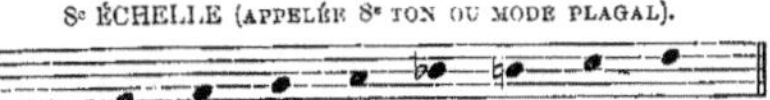

le ton est alors celui de *sol majeur*.

1ᵉʳ Cas. — Le ton de *fa majeur* est ici déterminé par la persistance la plus habituelle des sons

2ᵉ Cas. — Lorsque le chant se manifeste plutôt dans cette partie supérieure de l'échelle

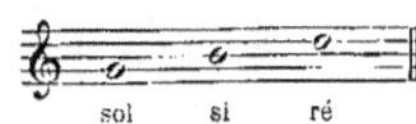

le ton se trouve établi en *sol majeur* par les sons dominants

Ces cas sont assez rares.

10

B. *Refonte des finales fautives.* — Les secours fournis par la science nous donnent encore les moyens de fixer régulièrement la finale de chaque mélodie.

La théorie musicale (1) démontre, en effet, que la note finale définitive d'une mélodie quelconque ne peut être que la *tonique* ou *son principal* du *ton* établi.

Nous allons donc examiner si toutes les mélodies du plain-chant, dont nous venons de déterminer le *ton,* se trouvent conformes à ce principe.

1re Échelle. — *Mélodies ré mineur.* — Les mélodies de cette échelle, produites en *ré* mineur, terminent de la sorte sur le son tonique *ré ;* il n'y a donc pas lieu de changer ici les finales. — *Mélodies fa majeur.* — Dans les mélodies produites en *fa* majeur la terminaison sur le *ré* devient fautive, cette note se trouvant alors la *sus-dominante* du ton établi. Il faut donc refondre la finale sur le *fa* tonique.

2e Échelle. — *Mélodies ré mineur.* — Finales correctes sur le *ré* tonique. — *Mélodies do majeur.* — Dans les mélodies en *do* majeur, la finale *ré,* qui se trouve ainsi sur la *sus-tonique,* doit être ramenée sur la tonique *do.*

3e Échelle. — *Mélodies fa majeur.* — Finales fautives sur la *sous-tonique mi ;* refonte de ces finales sur le *fa.* — *Mélodies sol majeur.* — Finales fautives sur la *sus-dominante mi ;* refonte sur le son *sol.*

4e Échelle. — *Mélodies ré mineur.* — Finales fautives sur la *sus-tonique mi ;* refonte sur le *ré.* — *Mélodies do majeur.* — Finales fautives sur la *médiante mi ;* refonte sur la tonique *do.*

5e Échelle. — *Mélodies fa majeur.* — Finales correctes sur le *fa* tonique. — *Mélodies la mineur.* — Finales incorrectes sur le *fa sus-dominante ;* refonte sur le *la.*

6e Échelle. — *Mélodies fa majeur.* — Finales correctes sur le *fa* tonique. — *Mélodies ré mineur.* — Finales incorrectes sur la *médiante fa ;* refonte sur le *ré.*

7e Échelle. — *Mélodies do majeur.* — Finales fautives sur la *dominante sol ;* refonte sur le son *do.* — *Mélodies sol majeur.* — Finales correctes sur la tonique *sol.*

8e Échelle. — *Mélodies fa majeur.* — Finales fautives sur la *sus-tonique sol ;* refonte sur le *fa.* — *Mélodies sol majeur.* — Finales correctes sur le *sol* tonique.

2° RESTAURATION COMPLÉTÉE A L'AIDE DU GOÛT.

Arrivés à ce point, nous n'avons plus qu'à nous appuyer sur le *bon goût,* sur le *goût général,* pour achever la restauration des mélodies liturgiques. Nous espérons bien obtenir, sur les propositions qui vont suivre, l'assentiment de la majorité des musiciens sérieux et vraiment artistes.

A. *Rhythme.* — a. *Valeurs des notes.* — Quatre valeurs de durées relatives différentes sont nécessaires pour composer le rhythme du plain-chant : 1° *notes communes* (1 temps environ) ; 2° *notes longues* (2 temps environ) ; 3° *notes brèves* (appoggiatures) ; 4° *prolations* (3 temps environ).

Les notes communes doivent être employées en plus grand nombre. Après celles-ci les notes longues doivent être les plus fréquentes. Quant aux brèves et aux prolations elles seront toujours plus rares.

En *fa* majeur.

Dans cet exemple, on le voit, il se rencontre quatre communes, deux longues, une brève et une prolation.

b. *Valeurs des suspensions de la voix.* — Les suspensions de la voix seront de *trois sortes :* 1° les *pauses* ou suspensions de deux temps environ, propres à séparer entre eux les passages mélodiques correspondant à chacune des phrases oratoires ; 2° les *soupirs* et les *double-barres* ou suspensions d'un temps environ ; les double-barres sont placées entre chaque verset et les soupirs entre les passages mélodiques correspondant à chacune des parties d'une phrase oratoire ; 3° les simples respirations nécessaires aux voix, qui n'ont aucune durée fixe, et qui se pratiquent au moment le plus opportun dans un passage mélodique d'une certaine longueur et ne contenant ni pauses ni soupirs.

(1) Chapitre IV.

On doit s'abstenir absolument de pratiquer certaines combinaisons de valeurs tendant à transporter le *rhythme périodique régulier* de la musique *mesurée,* comme la reproduction, plusieurs fois de suite, soit d'une longue suivie d'une commune, soit d'une longue suivie de deux communes, etc.

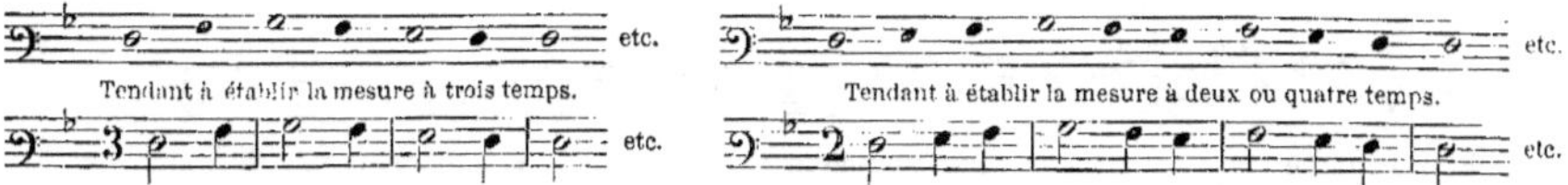

Voilà le rhythme du plain-chant le plus naturel, le plus facile, le plus convenable pour les voix, le plus conforme au goût de tous, et tel que ne pourront jamais le rendre plus parfait les disputes des érudits, ni toutes les découvertes archéologiques.

B. *Finale définitive obligée sur la tonique grave.* — Nous avons déjà dit que la *tonique* était la seule note susceptible de pouvoir terminer une mélodie quelconque; nous ajouterons ici que, dans le plain-chant, la finale définitive ne peut avoir lieu que sur la *tonique grave* que nous avons nommée pour cela *tonique finale.*

Ainsi, la *tonique aiguë* contenue dans certaines échelles (la première par exemple)

ne saurait terminer une pièce mélodique que d'une manière radicalement contraire au genre spécial du plain-chant.

C. *Finales des différents versets et strophes.* — Dans les pièces de chant où la mélodie change dans différents versets, ceux-ci doivent terminer le plus souvent sur la *tonique finale;* quelquefois sur la *médiante* et la *dominante* et exceptionnellement sur la *sus-tonique.*

Le chant de chaque verset d'un psaume, étant invariable, doit avoir sa terminaison sur la *tonique finale;* il en est de même pour les strophes des hymnes.

D. *Tournures mélodiques à refondre.* (On verra dans les exemples de refonte, placés à la fin de cet ouvrage, comment les passages fautifs, analogues à ceux que nous allons indiquer, ont été remplacés).

DANS LE MODE MAJEUR.

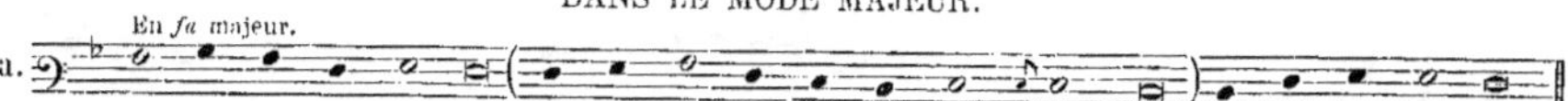

La phrase mélodique marquée entre parenthèses, ainsi que toute autre semblable, est fautive dans sa finale parce que celle-ci implique pour accompagnement la cadence parfaite de la modulation en *ré mineur* (relatif); or, cette harmonie est défectueuse parce qu'elle tend trop à détruire l'idée du ton établi (*fa* majeur).

La phrase indiquée entre parenthèses, comme toute autre analogue, a sa finale trop dure; on est un peu porté à diéser le *fa,* ce qui est impraticable dans le plain-chant.

La finale de phrase indiquée ne donne lieu qu'à des harmonies incorrectes ou peu satisfaisantes.

12

Cette terminaison de phrase est mauvaise. Si l'harmonie conclut sur l'accord de *tonique* (accord de *fa* majeur dans l'exemple que nous citons), l'effet est indécis, et tout accompagnement amenant sur la dernière note (*do*) l'accord de *dominante* (accord de *do* majeur) ne peut qu'être d'un effet défectueux.

Modulation choquante en *sol majeur,* amenée quelquefois par le *si* ♮ des échelles.

Même raisonnement que pour le cas (d) ci-dessus.

La phrase placée au milieu de cet exemple est défectueuse, car elle implique, par ses trois dernières notes, une modulation à la *dominante* (*do* majeur) trop précipitée. Il en est de même de tout autre passage de ce genre.

DANS LE MODE MINEUR.

Dans le mode mineur, tout passage du chant est fautif lorsqu'il se manifeste dans des conditions mélodiques analogues à celles de la phrase indiquée entre parenthèses, dans l'exemple précédent. On ne peut appliquer à de telles formules aucun accompagnement convenable.

Toute phrase comme celle désignée dans cet exemple est absolument impraticable. De telles mélodies, tendant à établir au grave le ton de la *sous-tonique* (*do* majeur), ont l'inconvénient de détruire de fond en comble l'idée du ton établi (*ré* mineur).

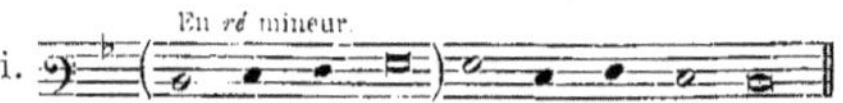

Tous les passages précédents sont à refondre. Il faudrait, pour les harmoniser convenablement, que le *do* soit dièsé dans chacun d'eux, ce qui serait incompatible avec le genre du plain-chant.

La note *sol*, marquée d'une croix, ne peut recevoir pour accompagnement, dans la phrase où elle se trouve ici, ou dans toute autre analogue, qu'une harmonie d'un effet suspensif désagréable sur une valeur de 3 temps.

La première phrase de cet exemple implique, ou une modulation à la *sous-dominante* (*sol* mineur) trop précipitée, ou une harmonie établissant une suspension pénible.

Modulation incorrecte en *sol majeur.*

Tout passage de cette nature ne peut pas s'harmoniser d'une manière satisfaisante dans le mode mineur (*ré* mineur); il appartient en réalité au ton majeur relatif (*fa* majeur).

Phrase donnant lieu, à l'aigu, à la modulation de la *sous-tonique* (*do* majeur), trop destructive de l'idée tonale (*ré* mineur).

DANS LES DEUX MODES.

On doit enfin refondre, dans les deux modes, tout passage mélodique contenant une relation de triton trop rapprochée, comme :

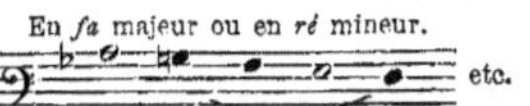

Nota. Toutes les tournures mélodiques que nous venons de désigner comme devant être refondues ne sont pas fautives considérées en elle-mêmes, isolément. Beaucoup ne sont incorrectes qu'en tant que subordonnées au ton établi. Un exemple va suffire pour le faire comprendre :

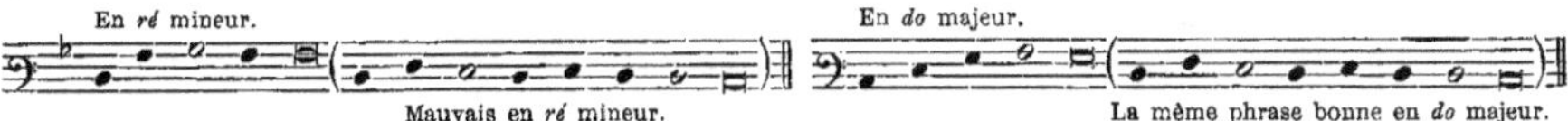

D'autres formules ne sont inadmissibles que comme finales de phrases concluant sur une valeur de trois temps, ou terminant un verset. Leur effet serait bon s'il y avait une suite immédiate du chant.

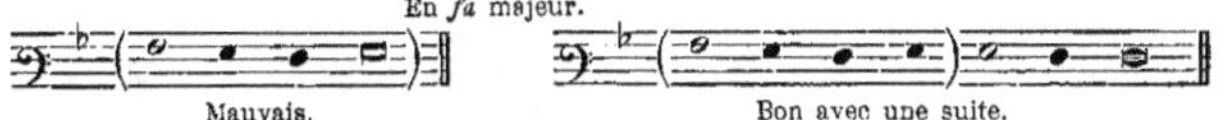

Il n'y a donc que quelques passages, où sont comprises les fausses relations de triton, qui sont mauvais dans tous les cas.

E. *Modulations trop fréquentes.* — On doit encore refondre dans la région la plus commune où doivent se manifester les mélodies (c'est-à-dire entre la tonique finale et la dominante) les modulations trop fréquentes en deçà de la tonique finale ou au-delà de la dominante. De tels passages, trop persistants, tendent toujours à détruire le ton établi par l'ensemble de la pièce de chant.

F. *Passages à transposer.* — Il se trouve des phrases modulant d'une façon incorrecte, favorisée par la disposition arbitraire des échelles, — les 3e, 7e et 8e surtout — qu'il suffit quelquefois de transposer tout·simplement un ou plusieurs degrés en dessus ou en dessous pour satisfaire l'oreille et le sentiment harmonique.

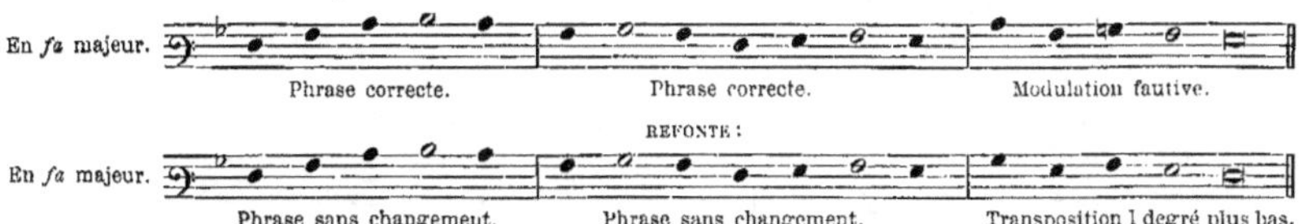

G. *Observations diverses.* — a. Il est défendu de faire parcourir au chant un intervalle d'octave d'une façon trop précipitée.

b. Deux notes consécutives ne doivent jamais être écartées l'une de l'autre par une distance plus grande que celle d'une *quinte*.

Cependant la *tonique finale* peut être suivie de la *tonique aiguë* (saut d'octave), mais seulement entre deux versets distincts (séparation de quatre temps), et dans des cas rares. On trouve quelques exemples de ces sauts d'octave dans les livres de chant, à la prose *Veni Sancte* de la Pentecôte, à l'antienne *Alma,* au *Kyrie* du rit double, etc.

c. Les sauts de *quinte mineure* et de *quarte majeure* sont interdits, sans exception.

d. Le chant doit le plus souvent procéder par intervalles conjoints. Plusieurs sauts consécutifs de tierce, quarte ou quinte sont défendus.

Contraire au genre du plain-chant.

e. Enfin, une pièce de chant ne peut convenablement débuter que sur la dominante grave, la tonique finale, la médiante (majeure ou mineure selon le mode) et la dominante.

H. *Tableau de la réduction des 14 échelles grecques aux 2 modes majeur et mineur.* (Je passe sous silence, dans ce tableau, les cas exceptionnels où, comme dans la première échelle, par exemple, les mélodies produites sont en *fa majeur* et non en *ré mineur;* je ne mentionne ici que la physionomie générale de ce qu'on appelle encore les huit tons ou modes.)

ÉCHELLES		RÉDUCTION AUX DEUX MODES MAJEUR ET MINEUR.
1re échelle authentique 9e " "	1re *échelle authentique.*	Mode *mineur (ré)* avec persistance sur la *dominante (la).*
2e échelle plagale 10e " "	2e *échelle plagale.*	Mode *mineur (ré)* avec persistance sur la *médiante (fa).*
3e échelle authentique 11e " "	3e *échelle authentique.*	Mode *majeur (fa)* avec persistance sur la *sous-tonique (mi)* (1).
4e échelle plagale 12e " "	4e *échelle plagale.*	Mode *mineur (ré)* avec persistance sur la *sus-tonique (mi).*
5e échelle authentique 13e " "	5e *échelle authentique.*	Mode *majeur (fa)* avec persistance sur la *dominante (do).*
6e échelle plagale 14e " "	6e *échelle plagale.*	Mode *majeur (fa)* avec persistance sur la *médiante (la).*
	7e *échelle authentique.*	Mode *majeur (do)* avec persistance sur la *tonique (do).*
	8e *échelle plagale.*	Mode *majeur (fa)* avec persistance sur la *sus-tonique (sol).*

On peut observer, dans le tableau précédent, que les huit échelles encore admises donnent lieu, par la persistance particulière de divers sons, non pas à *huit modes distincts,* mais bien à *huit manières différentes de traiter les deux seuls modes musicaux possibles:* le *mode majeur* et le *mode mineur.*

I. *Transposition.* — 1re échelle. Lorsque les mélodies de la 1re échelle atteignent la limite aiguë *(ré)* il n'y a aucune transposition à opérer; le ton de *ré mineur,* donné par l'échelle, est le plus convenable. Si le *(ré)* supérieur ne se manifeste pas dans tout le courant de la pièce de chant, on doit alors transposer *un ton* plus haut. — 2e échelle. — Le chant ici est toujours trop grave; la transposition doit avoir lieu au moins *un ton* plus haut. — 3e échelle. — Transposition *un ton* plus bas, surtout quand la limite aiguë *(mi)* est atteinte. — 4e échelle. — Transposition *un ton* plus

(1) La persistance sur la sous-tonique ne peut jamais être aussi fréquente que sur une note plus importante du ton (la médiante par exemple); elle a lieu cependant ici d'une manière toujours plus marquée que dans les mélodies majeures des autres échelles.

haut. — 5ᵉ échelle. — Transposition *un ton et demi* plus bas lorsque la limite aiguë *(fa)* est atteinte ; *un ton* plus bas seulement si le *(fa)* supérieur est absent dans toute la longueur du chant. — 6ᵉ échelle. — Pas de transposition dans le plus grand nombre des cas, et transposition *un ton* plus haut si la limite aiguë de l'échelle *(do)* ne se manifeste que rarement. — 7ᵉ échelle. — Les mélodies sont ici toujours beaucoup trop élevées et doivent être transposées au moins *deux tons et demi* plus bas. — 8ᵉ échelle. — Transposition *un ton* en dessous.

Voici du reste les règles générales de la transposition.

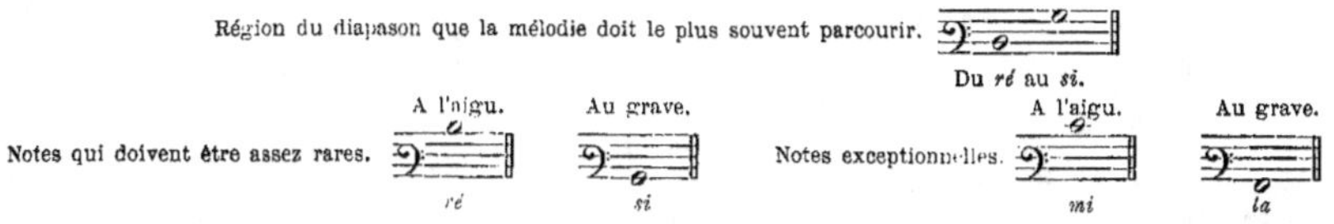

Cette transposition a pour but d'établir le chant dans le *médium* de l'étendue des voix, chose indispensable, car les pièces de l'office contiennent toutes des parties ou versets destinés à la masse des fidèles ; le ton doit donc forcément correspondre à la généralité des voix.

CHAPITRE TROISIÈME.

L'ACCOMPAGNEMENT DU PLAIN-CHANT.

1° HARMONIE APPLICABLE AU PLAIN-CHANT.

A. *Nombre des parties.* — L'accompagnement et le chant doivent former ensemble une harmonie à 5 *parties ;* ce nombre est indispensable pour *compléter* les accords d'une manière continue et correcte.

On peut en juger par l'examen des éléments dont se compose la *cadence parfaite,* lorsqu'elle intervient pour accompagner une *sus-tonique* se résolvant sur sa *tonique.*

Harmonie complète de la cadence parfaite en *do* majeur.

Que si l'on réduit à 4 *parties* en supprimant la *dominante* le premier accord paraît complet en apparence parce qu'il contient le son *sol* à la basse, mais dans l'accord parfait de *do* majeur, l'absence de la susdite dominante devient trop pénible.

Quant à la *sensible,* amenant la *dominante* pour compléter l'accord parfait, il est inutile de faire remarquer qu'une telle marche de partie est fautive, défectueuse et pleinement contraire à l'attraction tonale des sons, qu'il y ait ou qu'il n'y ait pas, du reste, la *dissonance fa* dans la cadence.

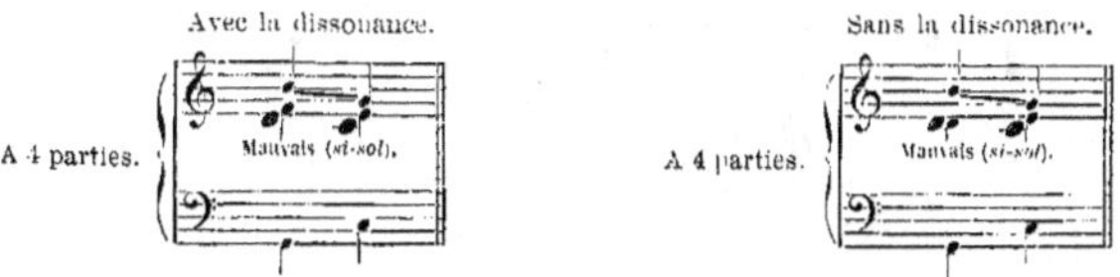

(1) Le chant, marqué en notes de plus grandes dimensions et sans queue, se distingue ainsi des autres parties de l'harmonie.

La *médiante* amenée par la *sensible,* encore pour compléter l'harmonie à 4 parties seulement, produirait un effet également forcé.

B. *Accords employés.* — De même que le bon goût s'oppose, dans l'accompagnement du plain-chant, à l'emploi d'accords altérés, septièmes diminuées, modulations trop éloignées, etc., il s'oppose de même à ce que l'harmonie ne se trouve composée que des deux seuls accords : l'accord *parfait* et celui de *sixte;* ou, ne renfermant exclusivement (surtout dans le mode mineur) que les sons fournis par la simplicité des mélodies.

Voici les accords suffisants comme indispensables dans l'accompagnement du plain-chant.

1° L'accord *parfait majeur* et *mineur* et ses *deux renversements.*

2° L'accord de *septième dominante* et son *deuxième renversement.*

Les deux autres renversements de cet accord ne s'accommodent pas au genre du plain-chant.

3° (Dans le mode mineur seulement), le 1er *renversement* de l'accord de *septième de seconde,* ou selon les cas, le 2e *renversement* de l'accord de *quinte mineure.*

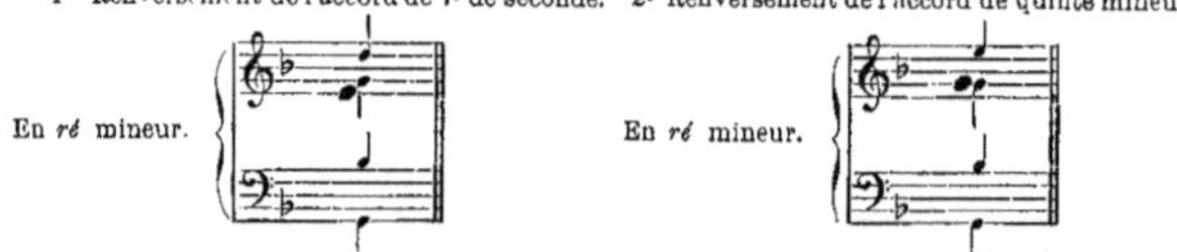

4° On peut aussi considérer une note *commune* du chant (jamais une *longue*) comme note de passage dans les trois cas suivants (accord placé au milieu de chaque exemple) :

5° Enfin, on tirera un bon parti des *retards :* 1° de la *tierce* dans les accords suivants.

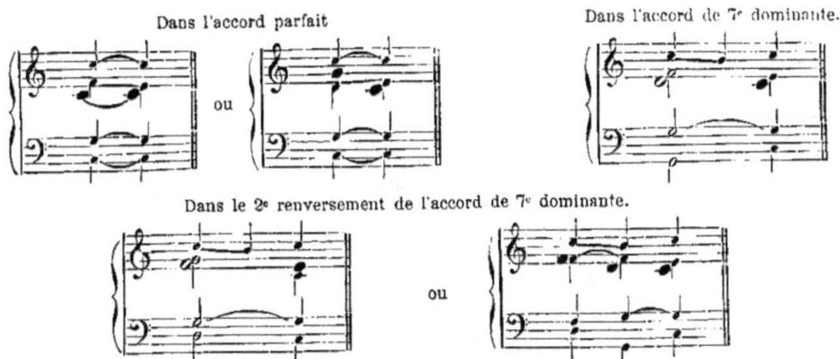

2° De la *quinte* dans l'accord *parfait mineur*.

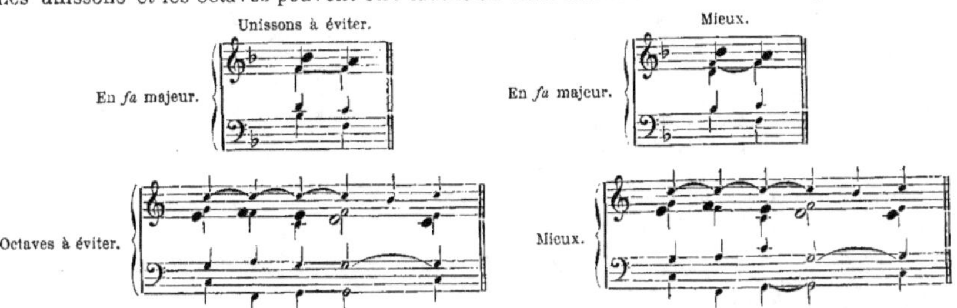

C. *Règles pour l'harmonie à 5 parties appliquée au plain-chant.* — a. *Unissons* et *octaves.* — Les unissons et les octaves peuvent être fautifs de trois manières différentes : 1° par immobilité :

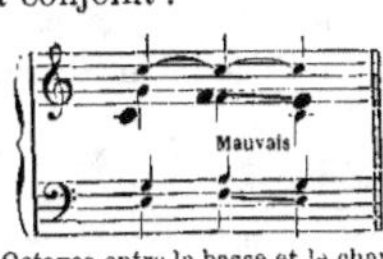

Les unissons et les octaves immobiles sont corrects lorsque les deux accords entre lesquels ils ont lieu ne sont pas *distincts* l'un de l'autre.

Ici, le second accord, formé de notes de passage,
n'est que la liaison de l'accord parfait à son 1er renversement.

Dans cet autre exemple le second
accord n'est que le renversement du premier.

2° Par mouvement conjoint :

Octaves entre la basse et le chant.

Unissons entre le chant et une partie intermédiaire.

Il n'y a jamais d'exceptions à la défense des octaves et unissons par mouvement conjoint.

5

18

3° Par mouvement disjoint :

Il n'y a pas d'exceptions non plus pour les mouvements disjoints.

Les octaves par mouvement contraire sont aussi défendues dans tous les cas.

b. *Quintes*. — Deux quintes peuvent se suivre lorsque la seconde est mineure.

Il ne faut jamais perdre de vue dans l'accompagnement du plain-chant, afin d'éviter les quintes défendues, que la mélodie, qu'il est plus expédient de ne noter qu'à la clef de *sol* (diapason des voix blanches) existe en même temps, par sa nature, à l'octave en dessous (diapason des voix d'hommes).

(*Nota*). Quant aux octaves, unissons et quintes dits *cachés,* aux quintes par mouvement contraire et aux relations de *triton,* le goût décidera des cas où ces marches de parties peuvent être employées.

c. *Résolution des dissonances.* — Toute dissonance, sans exception, doit toujours se résoudre et se résoudre immédiatement sur l'accord suivant.

d. *Redoublement de la tierce des accords parfaits.* — Pour obtenir un effet harmonique de la plus grande pureté, on devra observer de ne jamais doubler la tierce dans un accord parfait que dans le cas où les deux tierces se croiseraient dans leur mouvement.

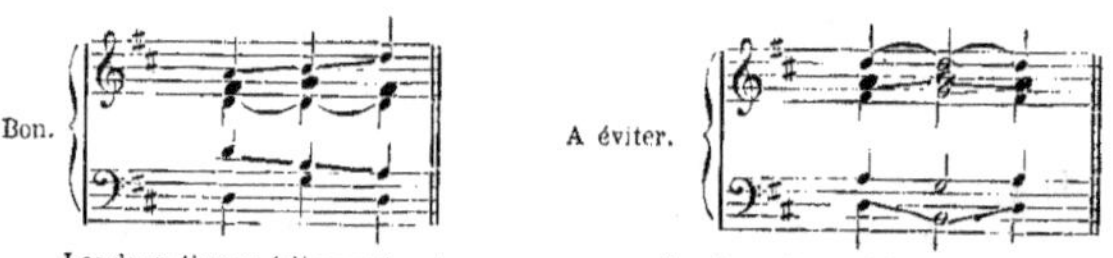

Il n'y a quelques légères exceptions à cette règle que pour l'accord parfait mineur.

e. *Marches uniformes.* — Les parties principales de l'harmonie (le plain-chant et les deux parties extrêmes) ne doivent jamais reproduire plus de deux fois de suite le même dessin.

f. *Mouvement semblable.* — Il est encore incorrect de faire marcher par mouvement semblable toutes les 5 parties de l'harmonie d'un accord sur l'accord suivant, il faut toujours qu'une partie, au moins, agisse par mouvement contraire ou reste stationnaire.

g. *Observations diverses.* — De même que le plain-chant, chaque partie de l'accompagnement ne doit jamais présenter deux de ses notes consécutives faisant un saut plus distancé que celui d'une *quinte*. La *basse*, il est vrai, franchit quelquefois les intervalles de *sixte* et de *septième*, mais ce ne sont là que des *échanges d'octaves*, pour éviter aux voix des notes trop graves, et non pas des *sauts réels*.

Les parties de l'accompagnement auront encore cela de commun avec le plain-chant qu'elles ne procéderont jamais par intervalles de *quinte mineure* ou de *quarte majeure*.

Nous recommandons, en dernier lieu, de ne placer dans aucun cas la mélodie sur la septième d'une *cadence parfaite*, ce qui serait d'un goût forcé dans le plain-chant.

Défendu dans la cadence parfaite.   Bon dans le 2ᵉ renversement de la 7ᵉ dominante.

D. *Deux positions harmoniques dans l'accompagnement du plain-chant.*

1ʳᵉ *Position* avec la *tonique* à la partie aiguë, dans les tons de *ré majeur*, *ré mineur*, et *mi ♭ majeur* (1).

Ré majeur.   Ré mineur.   Mi ♭ majeur.

2ᵉ *Position* avec la *médiante* à la partie aiguë, dans les tons de *mi mineur*, *fa majeur* et *mineur*, *sol majeur* et *mineur* (2).

Mi mineur.   Fa majeur.   Fa mineur.   Sol majeur.   Sol mineur.

Chaque partie doit très-peu s'éloigner de la note qui lui est assignée ci-dessus dans l'accord de repos final, et y retomber le plus souvent.

Après le ton de *mi ♭*, les tons de *mi ♮*, *fa ♮*, etc., deviennent trop élevés pour que l'on puisse maintenir la *tonique* à la partie supérieure; l'effet d'ensemble sur l'orgue serait trop aigu, et les *soprani* (lorsque les voix interviennent dans l'accompagnement du plain-chant) se trouveraient trop tôt fatigués.

On emploiera donc la *médiante* à la partie aiguë, à partir du ton de *mi* naturel. La médiante convient mieux que la dominante dont l'effet serait trop vague à la partie supérieure, surtout à la finale de l'harmonie.

2° EXÉCUTION DE L'ACCOMPAGNEMENT DU PLAIN-CHANT.

A. *Sur l'orgue.* — Il est de toute nécessité, pour la bonté de l'effet, que le chant *ressorte* de l'accompagnement. L'harmonie de l'orgue sera donc toujours douce et proportionnée au nombre des voix qu'elle ne doit jamais dominer.

L'accompagnement doit être *continuement lié;* il ne doit pas même s'arrêter, comme les voix, aux soupirs ni aux pauses; la seule suspension qu'il ait à observer se trouve entre chaque verset. Il est

(1) On doit s'abstenir d'écrire en *mi ♭* mineur en raison de la difficulté amenée par six accidents.
(2) On évitera également les tons de *mi* majeur, *sol ♭* majeur et *fa ♯* mineur.

donc inutile, dans la notation pratique, de marquer les liaisons, puisqu'il n'est pas de cas (autres que ceux indiqués par une double-barre) où elles n'aient lieu.

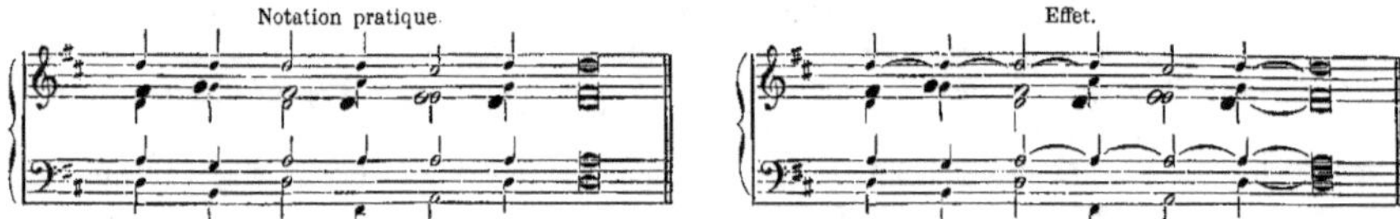

La suspension de l'orgue, à la fin de chaque verset, ne doit pas procéder d'une façon prompte et brusque ; elle doit avoir lieu de la manière suivante :

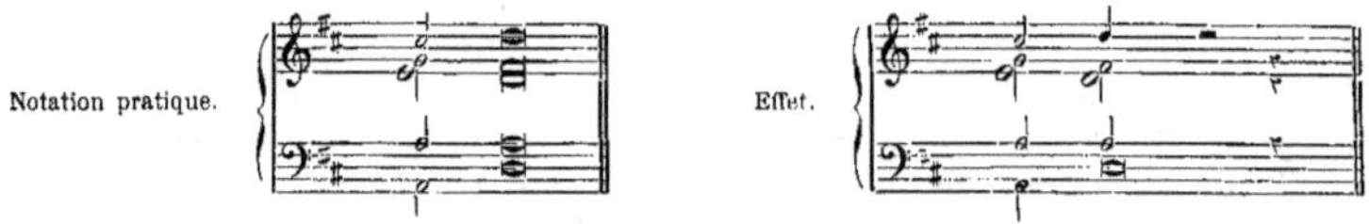

Harmonie réduite pour orgue. — On peut, pour l'orgue, réduire l'accompagnement à une harmonie plus facile, dans laquelle 4 parties sont résumées à la main droite ; la main gauche n'a plus alors à s'occuper que de la note de basse, doublée seulement par l'octave.

Cette harmonie réduite implique toujours dans son ensemble les 5 *parties indispensables* dessinées dans leur perfection par les voix.

Un organiste habile doit cependant tenir, lorsque les voix harmonisent le plain-chant, à exécuter aussi sur l'orgue l'accompagnement du premier des trois exemples qui précèdent.

B. *Avec les voix.* — Les voix suivent les mêmes règles pour l'exécution des parties de l'accompagnement que celles données pour l'exécution du chant ; les notes (excepté entre les soupirs, les pauses et les respirations indispensables aux voix) sont toujours *liées* entre elles, bien que cette liaison ne soit pas marquée dans la notation pratique.

Afin que le *chant* ressorte toujours de l'*accompagnement,* voici les proportions que l'on peut établir.

Partie de *soprano* exécutée par 4 enfants.

Partie de *contralto* exécutée par 6 enfants.

Plain-chant exécuté par 6 enfants.

Partie de *ténor* exécutée par 4 hommes.

Plain-chant exécuté par 6 hommes.

Partie de *basse* exécutée par 6 hommes.

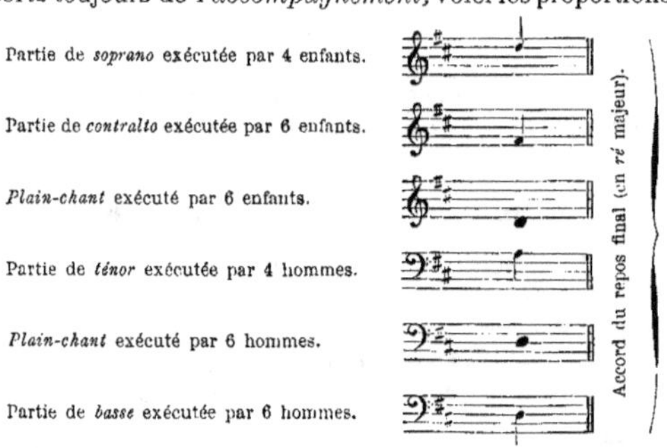

CHAPITRE QUATRIÈME.

DISSERTATIONS THÉORIQUES SUR LE PLAIN-CHANT ET SON ACCOMPAGNEMENT.

On a prétendu et soutenu jusqu'à ce jour que le *plain-chant diffère essentiellement par sa tonalité* de la *musique moderne.*

Il y a, d'après le raisonnement d'un bon nombre d'érudits, *deux musiques : la musique ancienne* ou *tonalité ancienne* et la *musique moderne* ou *tonalité moderne;* l'une et l'autre reposent sur une base *entièrement, radicalement distincte; essentiellement, absolument autre, indépendante.*

Examinons donc la valeur de cette opinion.

Nos observations vont être puisées dans la nature même des différents faits sur lesquels repose toute la théorie musicale, *faits incontestables* qui n'ont pas été jusqu'ici établis assez clairement.

1er FAIT. — *Existence dans la nature du Repos harmonique.*

« Il existe entre chacun des sons plus ou moins graves ou aigus, dont le principe est répandu dans
« la nature, un rapport particulier d'où résulte, pour certains d'entre eux, la propriété, *entendus*
« *simultanément,* d'apporter l'idée, de donner le sentiment du *Repos harmonique.* »

L'accord parfait n'est donc pas d'*invention humaine,* il a seulement été *découvert.*

En effet, si *à notre époque* l'harmonie des sons de l'exemple précédent possède la propriété d'établir le repos harmonique, on ne saurait nier que cette propriété n'ait existé de tout temps, sans admettre, par cela même, que les lois de la nature ont changé.

Cela posé poursuivons.

2e FAIT. — *Deux sortes de Repos harmoniques.*

« Le repos harmonique peut se traduire de *deux manières distinctes,* par la raison qu'il possède
« un son susceptible de *varier d'intonation sans détruire l'idée de ce repos,* et que cette intonation,
« ainsi variable, peut se manifester dans *deux cas différents.* »

1er Cas (ou accord appelé parfait majeur).   2e Cas (ou accord appelé parfait mineur).

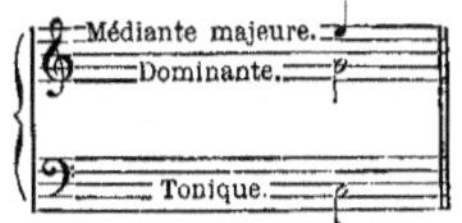

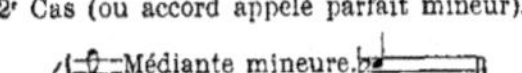
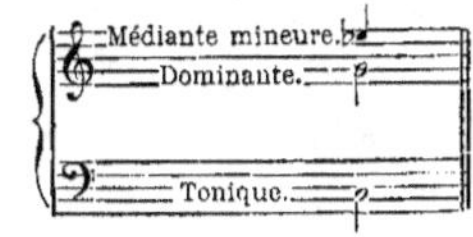

Le repos harmonique se compose donc de *deux sortes d'éléments:* 1° *les sons fixes* (la tonique et la dominante); 2° *le son variable et mobile* (la médiante)

3e FAIT. — *La tonalité.*

Une composition musicale *harmonique* contient toujours des accords parfaits majeurs ou mineurs.

Une composition musicale *mélodique* est toujours constituée de différents sons au moyen desquels on peut former des accords parfaits majeurs ou mineurs.

Ainsi toute composition musicale, quelle qu'elle soit, harmonique ou mélodique, renferme toujours dans sa manifestation les *proportions* de divers accords parfaits.

6

Mais on peut remarquer que les sons relatifs à tel accord parfait (celui de *do majeur* par exemple dans une composition en *do* majeur) se trouvent en *majorité* sur ceux relatifs à chacun des autres accords (ceux de *la* mineur, *sol* majeur, *fa* majeur, etc. etc.).

Or, « le phénomène de la *tonalité* n'est autre chose que le besoin naturel, impérieux qu'éprouve « l'oreille : 1° de rencontrer toujours, à la finale définitive d'une composition *harmonique* quelconque, « les *sons invariables* (tonique et dominante) de l'accord parfait *dominant,* c'est-à-dire, dont les « sons se trouvent en majorité, comme il vient d'être dit. (La *médiante* étant l'élément variable du « repos harmonique peut intervenir majeure à la finale lorsqu'elle a plutôt persisté mineure dans « le courant d'un morceau, ce qui ne saurait être réciproque, vu la puissance plus grande du « repos majeur); 2° de n'ouïr à la finale définitive d'une composition *mélodique* quelconque d'autre « son que le son *tonique* ou son principal du *repos établi.* »

Le sentiment musical n'est pleinement satisfait que lorsque les deux conditions qui précèdent existent à la conclusion d'un morceau.

Donc, il résulte de ce qui vient d'être dit que : « *La tonalité s'établit, dans toute musique, par la persistance des sons invariables* (tonique et dominante) *d'un accord parfait.* »

Ainsi il est un *fait* que toute harmonie ou mélodie dans lesquelles les notes *do, sol,* (sons invariables de l'accord parfait de *do majeur* ou *mineur*) persistent, — c'est-à-dire se présentent un nombre collectif de fois plus considérable : que les notes *la, mi* (sons invariables de l'accord parfait de *la mineur* ou *majeur*); que les notes *sol, ré* (sons invariables de l'accord parfait de *sol majeur* ou *mineur*); que les notes *fa, do* (sons invariables de l'accord parfait de *fa majeur* ou *mineur*), etc., etc., etc.. — se manifestent *dans la tonalité de do, sans spécification de mode.*

4e FAIT. — *Les deux modes.*

« Le *mode* de la *tonalité* est *majeur* dans les passages où la *médiante majeure* se manifeste plus « fréquemment que la *médiante mineure.* Le *mode* est *mineur* dans le cas contraire. »

Le *ton* n'est autre chose que l'assemblage obligé de la *tonalité* à l'un de ces deux modes.

Nous voici arrivés dans le vif de la question.

Si d'un côté, comme on vient de le voir, *la tonalité et ses deux modes* ne sont autre chose que des propriétés appartenant à l'élément fondamental de la musique, *le repos,* et qu'en second lieu ce repos *a été de tout temps* dans la nature de l'harmonie des sons, il devient de la dernière évidence que la tonalité et les modes *ont* aussi *toujours existé.*

De telle sorte que, prétendre, par exemple, que la pièce de plain-chant suivante (8e échelle) n'est pas en *fa majeur,* avec finale fautive sur la *sus-tonique (sol),* serait tomber complétement dans le faux.

INTROÏT *du Commun d'une Vierge* (Édition de Digne, 1864, page 38 *).

En effet, le ton de *fa majeur* est ici irrésistiblement établi par la persistance très-marquée des sons *fa, la, do* (indiqués par une croix), et la finale sur la *sus-tonique (sol)* est réellement fautive, car il est absolument contraire au grand principe de la *tonalité* qu'une mélodie termine définitivement sur un son qui, non-seulement n'est pas la *tonique,* mais encore se trouve étranger au *repos tonal* établi.

Terminons.

5e FAIT. — *Indépendance du rhythme et de l'harmonie.*

« Le *rhythme,* quelque soit sa nature, n'a aucune sorte d'action sur les propriétés de l'harmonie,
« n'influe en rien, en un mot, sur le principe fondamental de la *tonalité* et *des modes.* »

Ainsi l'harmonie et la mélodie suivantes ont une terminaison *impossible,* tant dans le *rhythme*
régulier de la musique moderne que dans le *rhythme libre* du plain-chant.

Finales fautives sur l'accord de dominante subordonné à l'accord de tonique ou accord *dominant établissant le ton.*

Finales doublement fautives sur un son autre que la tonique et étranger au repos tonal.

UNITÉ MUSICALE.

Il n'existe donc pas d'*autre musique* que celle basée sur le *repos tonal,* par la raison que *toute*
production musicale, quelle qu'elle soit, ancienne ou moderne, *met toujours en relief,* d'une manière
plus ou moins régulière (irrégularité provenant soit des *théories fausses,* soit du *mauvais goût*), les
sons caractéristiques d'un accord parfait quelconque, majeur ou mineur, qui devient ainsi *accord du*
repos tonal.

L'HARMONIE ET LA MÉLODIE
OBÉISSENT AUX MÊMES LOIS DE TONALITÉ ET DE MODE.

Tout ce qui vient d'être dit, dans ce chapitre, fait ressortir assez clairement que l'harmonie et la
mélodie obéissent aux mêmes lois de tonalité et de modes; ce qui nous justifie suffisamment d'avoir,
dans le chapitre II (2-D), supprimé, pour être remplacées, les phrases mélodiques qui n'impliquent
pour accompagnement que des harmonies ou peu satisfaisantes ou réellement défectueuses.

Nous avons aussi aboli, dans les mélodies liturgiques, l'emploi de la *sensible,* (du mode mineur).
— Le *do* ♯ par exemple dans le ton de *ré* mineur, résultant le plus souvent de la 1re échelle — parce
que, non-seulement cette note, dans tous les cas, est contraire au génie du plain-chant mais encore
par la raison que, toutes les fois où l'on est porté à diéser le *do,* on a presque toujours à faire à la
phrase suivante :

(cette finale de phrase se rencontre à la terminaison de presque tous les versets du *Salve Regina*).
Or, cette mélodie qui est très-bonne (avec le ♯) dans la partie de *soprano*

devient très-mauvaise a la partie du *plain-chant* qui, par sa nature existe dans une région plus grave de l'harmonie (la mélodie exécutée par les voix d'hommes, chap. III, 1, C, b.), et transforme en quintes fautives les quartes permises de l'exemple précédent.

On pourrait sans doute, pour éviter cette faute, harmoniser différemment la mélodie qui nous occupe; mais le résultat ne serait que peu satisfaisant; on sent que le véritable accompagnement est celui que nous venons de donner, mais qui implique le chant à la partie supérieure de l'harmonie.

Si la sensible, dans le mode mineur, n'est pas praticable dans le *chant,* elle devient indispensable dans l'*accompagnement,* dans des parties où l'attraction tonale est différente qu'à la partie de la mélodie. On ne pourrait former sans cette note aucune harmonie supportable.

Il nous reste à parler de l'emploi de la *dissonance* dans l'accompagnement du plain-chant.

Il résulte du principe de la tonalité et des modes, qu'*un seul accord parfait,* dans une composition musicale, est susceptible de donner le sentiment du *repos:* c'est l'accord parfait *dominant,* ainsi qu'il a été dit.

Or, cet accord de repos tonal *possède toujours,* de la sorte, *une attraction sur tout autre accord parfait, nécessairement subordonné ;* ainsi dans la cadence authentique *la résolution a toujours lieu par attraction,* qu'il y ait ou qu'il n'y ait pas la dissonance dans l'accord de dominante.

Résolution par attraction tonale
(sans dissonance).

Résolution par attraction tonale rendue plus pressante et plus
satisfaisante par les propriétés de la dissonance.

Il serait donc entièrement erroné de ne pas employer la dissonance dans l'accompagnement des mélodies liturgiques, sous prétexte que dans une succession d'accords parfaits seulement, chacun de ceux-ci possède un caractère de *repos indépendant* en rapport avec le genre du plain-chant, puisque la tonalité *s'établit dans tous les cas.*

D'un autre côté, si la *dissonance,* qui demande toujours une *résolution* sur l'accord parfait, *ne peut* ainsi *jamais agir seule,* il faut bien admettre qu'elle est d'*un rapport naturel* avec le repos harmonique.

Nous ajouterons enfin, que la dissonance naturelle est d'un effet encore plus admirable dans l'accompagnement du plain-chant que dans la musique mesurée. En effet, dans celle-ci, la *sentie du rhythme cadencé* absorbe une grande partie de l'attention, et la dissonance perd ainsi de sa puissance; tandis que dans l'accompagnement du plain-chant à *rhythme libre,* la marche de chaque partie, l'attraction tonale ainsi que l'ensemble des accords se saisissent mieux; l'esprit, dégagé des distractions causées par le rhythme périodique et sautillant, se trouve disposé autant qu'il peut l'être à apprécier les beautés de l'harmonie agissant indépendante de la *mesure régulière.*

On ne doit cependant pas abuser de l'emploi de la dissonance naturelle dans l'accompagnement du plain-chant; son effet sera d'autant plus agréable qu'il sera mieux approprié aux différents cas harmoniques.

REFONTE DES PRINCIPALES PIÈCES DE PLAIN-CHANT

MESSES, VÊPRES, MOTETS, etc POUR TOUTE L'ANNÉE,

ET HARMONISATION DU CHANT DES PSAUMES.

Les Plain - chants suivants paraîtront au premier jour avec accompagnement nouveau à **5** parties, le temps m'a manqué pour les harmoniser tous dans cette première publication où la psalmodie seule est marquée avec accompagnement.

Je me suis convaincu, je puis même dire par ma propre expérience, qu'une longue habitude est quelquefois capable de faire préférer, dans une pièce de plain-chant, des passages réellement fautifs à d'autres phrases correctes mises à leur place. Il est donc nécessaire de s'isoler des habitudes acquises, si l'on veut apprécier convenablement, de prime abord, les corrections contenues dans les mélodies suivantes.

N.º 1. AGNUS DEI en FA MAJEUR. (FÊTES DE 1.re ET 2.e CLASSE.) 6.e Échelle.

N.º 2. AGNUS DEI en FA MAJEUR. (FÊTES DU RIT DOUBLE.) 6.e Échelle.

N.° 3. AGNUS DEI en RÉ MINEUR. (DIMANCHES DE L'ANNÉE.) 1.re Échelle.

N.° 4. AGNUS DEI en RÉ MAJEUR. (DIMANCHES DE L'AVENT ET DE CARÊME) 5.e Échelle.

N.° 5. AGNUS DEI en MI MINEUR. (FÊTES SIMPLES DANS L'ANNÉE.) 1.re Échelle.

N.º 6. AGNUS DEI en SOL MAJEUR. (FÉRIES DE L'AVENT ET CARÊME.) 8.º Échelle.

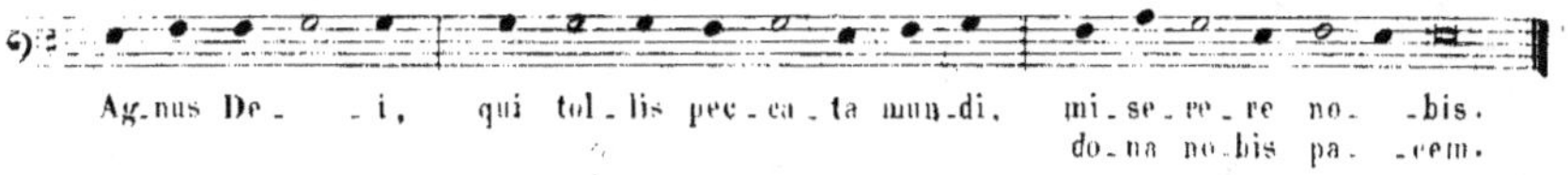

N.º 7. AGNUS DEI en RÉ MAJEUR. (FÊTES DE LA BÊ. MARIE.) 8.º Échelle.

N.º 8. AGNUS DEI en MI♭ MAJEUR. (DIMANCHES DU TEMPS PASCAL.) 8.º Échelle. 2.º Cas.

Nº 9. ALMA REDEMPTORIS MATER en RÉ MAJEUR. 3.ᵉ Échelle.

Nº 10. AVE MARIS STELLA en FA MINEUR. 1ʳᵉ Échelle.

N.º 11. AVE REGINA COELORUM en SOL MAJEUR. 6.ᵉ Echelle.

N.º 12. AVE VERUM en FA MAJEUR. 6.ᵉ Echelle.

N.º 13. CREDO en RÉ MAJEUR. 5.ᵉ Echelle.

Et in u_num Dominum, Je_sum Christum, Fi_li_um De_i u_ni_ge_ni_tum.
Et ex Pa_tre na_tum an_te omnia sæ_ _cula. De_um de De_o, lumen de lu_mi_ne.
De_um ve_rum de De_o ve_ro. Genitum, non fac_ _tum consubs_tanti_a_lem Pa_tri:
per quem omnia facta sunt. Qui propter nos homines, et propter nostram salutem descendit de cœlis.
Et in_car_na_tus est de Spi_ritu sanc_to ex Ma_ri_â Vir_gi_ne:
ET HO_MO FAC_ _TUS EST. Cru_ci_fi_ _xus e_tiam pro no_ _bis
sub Pontio Pi_la_to pas_sus, et se_pul_ _tus est. Et re_sur_re_xit ter_ti_a di_e.
se_cundum Scriptu_ras. Et as_cen_dit in cœ_ _lum: se_det ad dexteram Pa_ _ _.
Et i_terum ven_tu_rus est cum glo_ _ri_a, ju_di_ca_ _re vi_vos et mor_tu_os:
cu_jus re_gni non e_rit fi_nis. Et in Spi_ritum sanctum, Dominum, et vi_vi_fi_can_ _tem:
qui ex Pa_tre Fi_li_o_que pro_ce_dit. Qui cum Pa_tre et Fi_li_o si_mul a_do_ra_tur,
et con_glo_ri_fi_ca_tur: qui lo_cu_tus est per Pro_ _phe_tas.
Et U_nam, Sanctam, Catholicam, et A_pos_to_li_cam Ec_cle_si_am. Con_fi_te_or u_num bap_tis_ma
in re_mis_si_o_nem pec_ca_to_rum. Et ex_pec_to re_sur_rec_ti_o_nem mor_tu_o_rum.
Et vi_ _tam ventu_ri saeculi. A_ _ _ _ _ _ _ _men.

N° 14. CREDO en RÉ MINEUR. (de DUMONT.) 1re Échelle.

Cette composition, qui cependant contient quelques bonnes idées, est d'un effet général défectueux. La mélodie s'étend trop fréquemment en dessus de la Dominante, et d'une manière qui appartient en propre au ton de FA MAJEUR (relatif) et non au ton de RÉ MINEUR auquel appartient l'ensemble du morceau. Je l'ai refondue en conséquence.

N° 15. CREDO en FA MAJEUR. 6° Échelle.

Nº 16. CREDO en FA MINEUR. 2ª Échelle.

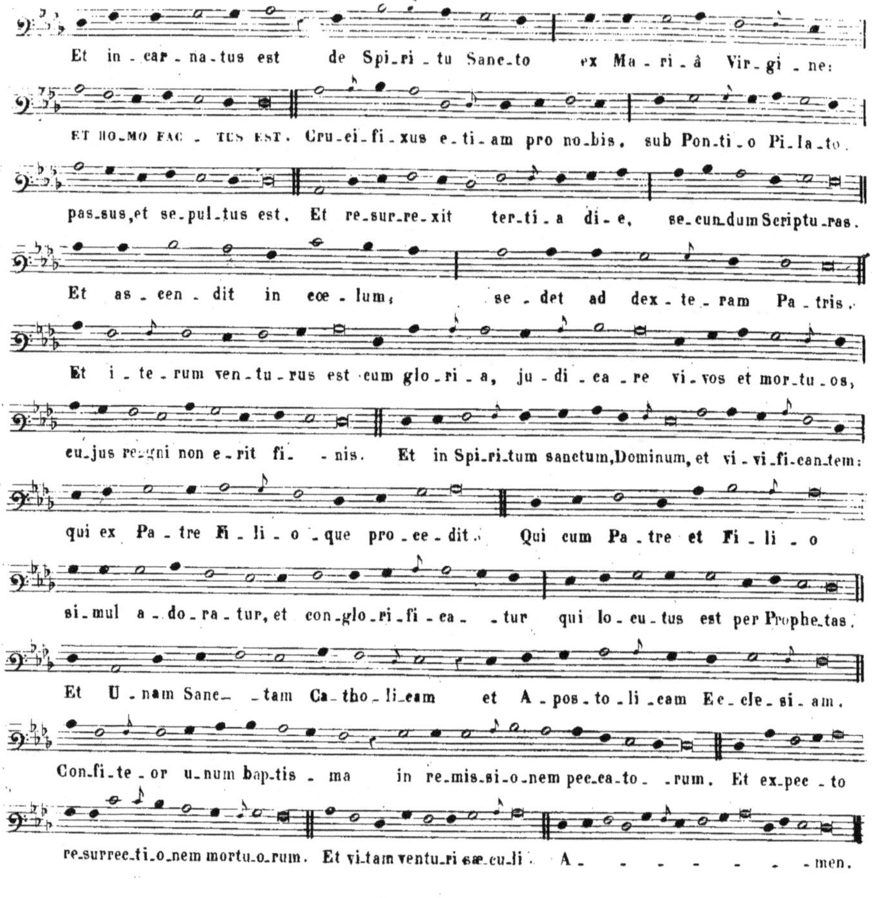

N.° 17. DEUS IN ADJUTORIUM en LA MAJEUR. 7.° Échelle.

N.º 18. GLORIA en MI MINEUR. (FÊTES DE 1re et 2e CLASSE.) + Échelle.

On observera que j'ai rendu beaucoup moins fréquente, dans cette pièce, la persistance de la sus-tonique Mi (Fa dans la transposition) cette note, qui se présente trop souvent, tend à se transformer en Médiante du ton de Do MAJEUR, (Ré Majeur dans la transposition) et à établir cette tonalité.

N° 19. GLORIA en RÉ MAJEUR. (FÊTES DU RIT DOUBLE) 5e Échelle.

La mélodie, dans cette composition, s'étend trop souvent au dessus de la Dominante. J'ai supprimé la modulation en La majeur dans plusieurs versets.

N° 20. GLORIA en FA MINEUR. (DIMANCHES DANS L'ANNÉE.) 2e Échelle.

№ 21. GLORIA en FA MAJEUR. (FÊTES DE LA B. V. MARIE.) 7ᵉ Échelle.

J'ai refondu ici dans le ton de Do majeur (Fa majeur dans la transposition) la plupart des modulations trop persistantes en dessous de la tonique grave. La généralité des pièces de la 7ᵉ Échelle sont fautives par la confusion des tons de Do majeur et Sol majeur.

N.° 22. GLORIA en MI♭ MAJEUR. (DIMANCHES DU TEMPS PASCAL.) 4ᵉ Échelle. 2ᵉ Cas.

N.º 23. IN MANUS TUAS en MI ♭. (PENDANT L'AVENT.) 4.e Échelle. 2.e Cas.

N.º 24. IN MANUS TUAS en SOL MAJEUR. (PENDANT L'ANNÉE.) 6.e Échelle.

N.º 25. IN MANUS TUAS en SOL MAJEUR. (TEMPS PASCAL.) 6.e Échelle.

N.º 27. ISTE CONFESSOR en FA MINEUR. 1.ʳᵉ Échelle.

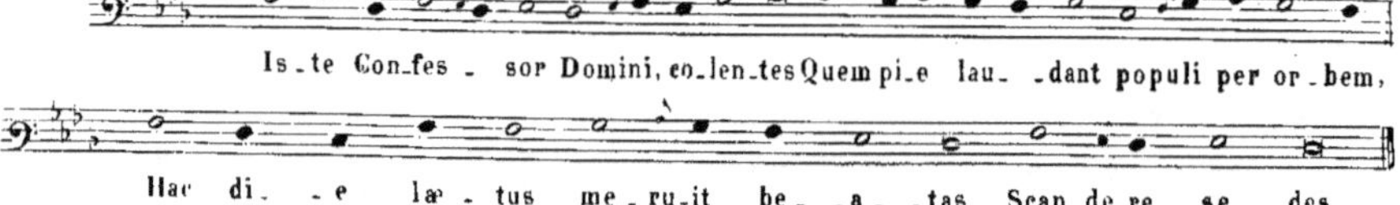

N.º 28. JESU CORONA VIRGINUM en FA MAJEUR. 8.ª Échelle.

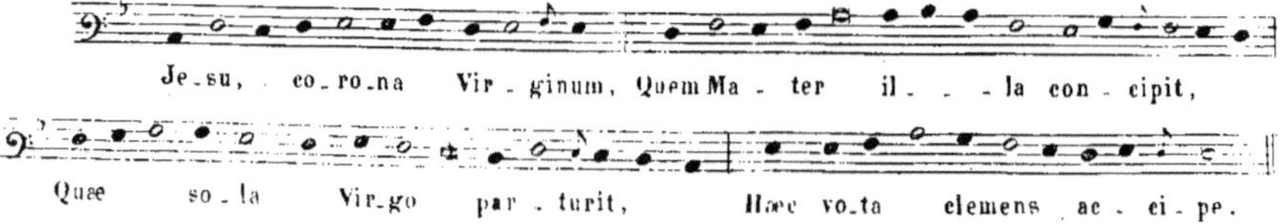

No 29. KYRIE en MI MINEUR. (FÊTES DE 1.re 2.e CLASSE.) 1.re Échelle.

No 30. KYRIE en RÉ MAJEUR. (FÊTES DE RIT DOUBLE.) 3.e Échelle.

No 31. KYRIE en RÉ MINEUR. (DIMANCHES DANS L'ANNÉE.) 1.re Échelle.

No 32. KYRIE en FA MAJEUR. (FÊTES SEMI-DOUBLES.) 8.e Échelle.

Nº 33. KYRIE en RÉ MINEUR. (DIMANCHES DE L'AVENT ET CARÈME.) 1ʳᵉ Échelle.

Le chant, dans les derniers Kyrie, se maintient ici presque constamment en dessus de la Dominante; entre autres corrections faites à cette pièce, j'ai modifié cette persistance fautive.

Nº 34. KYRIE en SOL MAJEUR. (FÊTES SIMPLES.) 5ᵉ. Échelle. 2ᵉ. Cas.

Nº 35. KYRIE en MI ♭ MAJEUR. (FÉRIES DE L'AVENT et CARÈME.) 7ᵉ Échelle.

N.º **36 . KYRIE** en **RÉ MINEUR.** (FÊTES DE LA B. V. MARIE.) 1.ʳᵉ Échelle.

N.º **37. KYRIE** en **MI ♭ MAJEUR.** (DIMANCHES DU TEMPS PASCAL.) 8.ᵉ Échelle. 2.ᵉ Cas.

No 38. PSALMODIE en RÉ MAJEUR. (avec accompagnement.)
Première position harmonique. (Chap: III, 1, D.)

(*) L'Orgue ne tient pas compte des notes brèves.

No 39. AUTRE FINALE en RÉ MAJEUR.

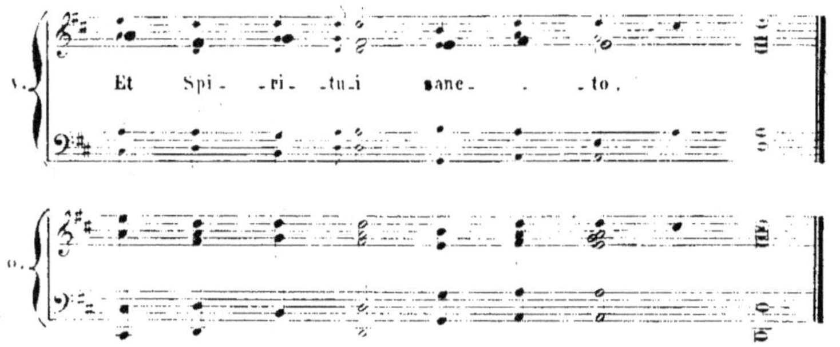

No 40. PSALMODIE en RÉ MINEUR.

№ 41. AUTRE FINALE en RÉ MINEUR.

№ 42. AUTRE FINALE.

(*) Une brève isolée est toujours une note du chant, et non des autres parties de l'accompagnement.

№ 43. AUTRE PSALMODIE en RÉ MINEUR.

Nº 44. AUTRE FINALE en RÉ MINEUR.

Nº 45. AUTRE FINALE en RÉ MINEUR.

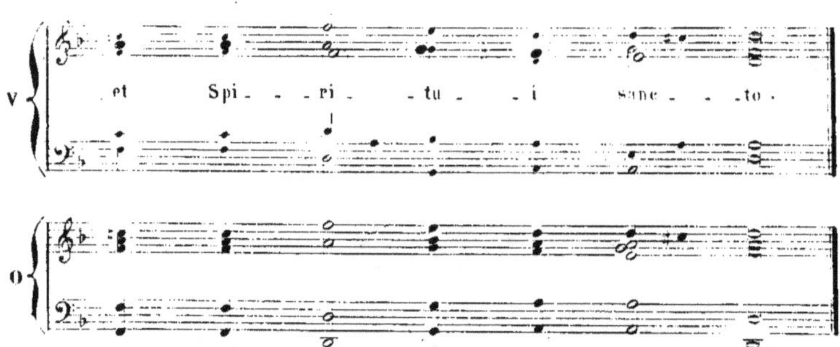

Nº 46. PSALMODIE en MI MINEUR.
2ᵉ Position Harmonique.

Nº 47. AUTRE PSALMODIE en MI MINEUR.

Nº 48. PSALMODIE en FA MAJEUR.

Nº 49. AUTRE PSALMODIE en FA MAJEUR.

№ 50. AUTRE FINALE en FA MAJEUR.

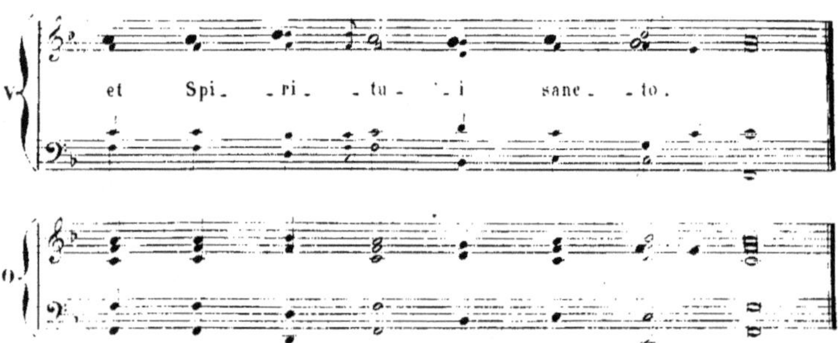

№ 51. AUTRE FINALE en FA MAJEUR.

№ 52. PSALMODIE en FA MINEUR.

Nº 53. PSALMODIE en SOL MAJEUR.

Nº 54. AUTRE FINALE en SOL MAJEUR.

Nº 55. AUTRE PSALMODIE en SOL MAJEUR.

N.° 56. PSALMODIE en SOL MINEUR.

N.° 57. PSALMODIE en LA MAJEUR.

L'harmonie qui précède, simple mais complète, associée au rhythme libre du plain-chant, est la plus satis_
faisante qu'on puisse entendre. Je promets de nouvelles émotions au monde musical lorsqu'on la mettra en prati_
que, surtout si on l'exécute avec toutes les conditions renfermées à la fin du chapitre III.

L'accompagnement, dont je viens de donner un spécimen dans l'harmonisation de la psalmodie, a
encore l'avantage d'être d'une facilité extrème d'exécution, soit sur l'orgue, soit pour les voix.

Nota. Les 5 Parties chantées par les voix peuvent aussi être suivies par des instruments à cordes; Altos, Violoncelles et Contrebasses.

N.° 58. REGINA CŒLI en FA MAJEUR. 6.e Échelle.

N.° 59. SALVE REGINA en RÉ MINEUR. 1.re Échelle.

N.° 60. SANCTUS en FA MAJEUR. (FÊTES DE 1.re et 2.e CLASSE.) 8.e Échelle.

Dans cette composition j'ai ramené au ton de FA majeur les modulations déplacées en SOL MAJEUR en dessus de la tonique finale. Beaucoup de pièces de chant résultant de la 8.e Echelle sont fautives par la confusion de ces deux tons que le SI variable (♭ ou ♮) favorise encore davantage.

N.º 61. SANCTUS en FA MAJEUR. (FÊTES DU RIT DOUBLE.) 6.ᵉ Échelle.

N.º 62. SANCTUS en FA MINEUR. (DIMANCHES DE L'ANNÉE) 1.ʳᵉ Échelle.

N.º 63 SANCTUS en RE MAJEUR (DIMANCHES DE L'AVENT ET DU CARÊME) 5.ᵉ Échelle

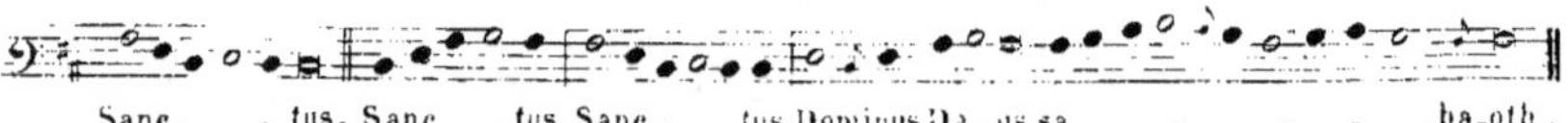

Nº 64. SANCTUS en FA MINEUR. (FÊTES SIMPLES.) 2ᵉ Échelle.

Nº 65. SANCTUS en SOL MAJEUR (FÊTES DE L'AVENT ET DU CARÊME) 8ᵉ Échelle

Nº 66. SANCTUS en RÉ MINEUR. (FÊTES DE LA B. V. MARIE.) 1ʳᵉ Échelle.

N.º 67. SANCTUS en MI♭ MAJEUR. (DIMANCHES DU TEMPS PASCAL)

N.º 68 : TANTUM ERGO en FA MAJEUR. (6.º Échelle.)

Il n'y a, dans les pièces de chant qui précèdent, aucun mélange d'éléments incompatibles empruntés à l'art moderne. Les mélodies, telles que je les ai corrigées, ne sortent en rien, ni par le rhytme, ni par les altérations du genre diatonique grégorien, ni par le type, enfin, du vrai genre du plain-chant. Que l'on retienne bien ceci, (et c'est surtout ce qui me donne quelque confiance en la valeur de la restauration que je présente) AUCUNE DES FORMULES EMPLOYÉES DANS LE COURANT DE MES MÉLODIES N'EST ABSENTE QUELQUE PART DANS UNE ÉDITION QUELCONQUE DES LIVRES DE CHANT ACTUELLEMENT EN USAGE. La SENSIBLE DANS LE MODE MINEUR, regardée avec raison par les vrais plainchanistes comme contraire à l'expression grave et vigoureuse du chant liturgique, ne s'y présente dans aucun cas. Je puis dire, en un mot, que mon œuvre se compose uniquement de la substance même du plain-chant traditionnel; je n'ai INNOVÉ en rien, je n'ai fait que REFONDRE et RESTAURER.

J'ose espérer que si l'autorité religieuse, de concert avec l'autorité musicale, adopte les modifications que je mets au jour, les mélodies liturgiques deviendront bientôt populaires, et par la même, l'unité dans le chant ne tardera pas, non plus, à être réalisée.

FIN.

Imp: MAGNIER et DELAY r. Rodier 41.